W9-BEV-707

DATE DUE

DE 2 3 08			
JA 1 7 09			
FE 0 8 09			
4/9/09			
JE 2 7 '11			

Demco, Inc. 38-293

Juan y sus zapatos
Carlos Pellicer López

LOS ESPECIALES DE
A la orilla del viento
FONDO DE CULTURA ECONÓMICA
MÉXICO

Primera edición (PROMEXA): 1982
Primera edición Fondo de Cultura Económica: 2003

Coordinador de la colección: Daniel Goldin

D.R. © 2003, Fondo de Cultura Económica
Av. Picacho Ajusco 227
14200 México, D.F.

www.fondodeculturaeconomica.com
Comentarios y sugerencias: alaorilla@fce.com.mx

Primer premio Comercial Mexicana de Literatura Infantil Ilustrada

ISBN 968-16-7021-3

Impreso en México – Printed in Mexico

Pellicer López, Carlos
    Juan y sus zapatos / Carlos Pellicer López. –
México : FCE, 2003
    [20] p. ; ilus. ; 27 x 21 cm.– (Colec. Los Especiales
A la Orilla del Viento)
    ISBN 986-16-7021-3

1.Literatura infantil I. Ser II. t.

LC I863 Dewey 808.068 P558j

Un cuento para Gabriela y Carlos.
Y claro, también para María

A Juan le gusta mucho caminar. Camina por los
cerros, por las milpas, por las huertas del pueblo.
En tiempos de cosecha se sube a los mangos, a los
guayabos, a los ciruelos, a todos los árboles frutales.

Un día comió tantas guayabas que se enfermó. Llegó
a su casa con fiebre y con dolor de estómago.
Su mamá lo mandó a la cama después de darle un
té de hierbabuena.

Juan durmió profundamente y a la mañana
siguiente ni siquiera recordaba lo que había soñado.
Su papá le dijo que tendría que quedarse todo el día
en cama.

Estaba triste. Sabía que se quedaría solo, sin sus papás, que saldrían a trabajar. ¡Qué día tan aburrido!

Pero tan pronto se cerró la puerta de la casa oyó un golpe y otro y otro más, debajo de la cama.
Al asomarse, vio que eran sus zapatos que taconeaban… ¡solos!

¿Los zapatos? Sí, sus viejos zapatos, que con una voz
muy queda le dijeron:
–No te asustes, Juan, nosotros también podemos

hablar. ¿Recuerdas dónde estuvimos anoche?
—No —contestó Juan un poco asustado.

Los zapatos le contaron que en su sueño ellos lo habían llevado caminando por los tejados, por el aire, hasta el campanario de la iglesia.

En lo alto había búhos, lechuzas, murciélagos, gatos, perros y ratones, todos esos animales que prefieren dormir en el día y salir a divertirse por la noche.

Todos cantaban y hacían música, la música más linda
que Juan había oído.

Mientras el búho mayor, con los ojos muy abiertos,

dirigía el coro, un gato tocó el violín, dos perros bailaron, tres ratones tocaron las flautas y cuatro murciélagos cantaron cinco canciones.

Cuando la luna se metió tras los cerros, todos se despidieron. Juan caminó por el aire y los tejados, y por la ventana entró a su cuarto. Esto contaron los zapatos.

En la tarde, cuando regresaron sus papás,
encontraron a Juan muy contento; ya no estaba
enfermo.
—Estuve leyendo cuentos —les dijo.

A la mañana siguiente, Juan se bañó, desayunó y, antes de salir a la escuela, cepilló por primera vez sus zapatos.

Cuando Juan caminaba entre los huertos, se podía oír su voz y otras dos más pequeñas, hablando de sueños y de cuentos.

Juan y sus zapatos
se terminó de imprimir en el mes de agosto del 2003 en los talleres de la
Impresora y Encuadernadora Progreso, S.A. de C.V.(IEPSA),
Calzada San Lorenzo 244, 09830 México, D.F.
El tiraje fue de 10 000 ejemplares.

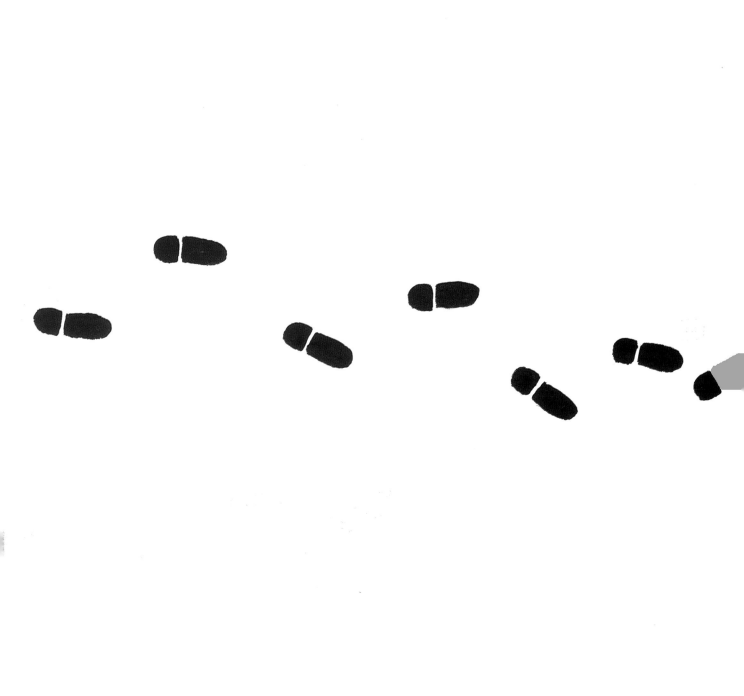